世界一超好學

你！還在背嗎？

日語50音

其實，你早就會啦！

U0073337

語言學碩士 福田真理子◎著

山田社

前言

《你！還在背嗎？日語50音—其實你早就會啦！》
全彩加大版面出擊啦！

對不起！這麼有趣的 **50** 音，現在才告訴你

日語老師私房教學

告訴你：「別忘了！這些50音你都會講了！」

　　走在東京街頭，心花朵朵開的你，看到可愛的小首飾，是不是會禁不住，喊了一句「卡娃伊」（可愛）；吃到好吃的拉麵，大喊一聲「歐衣細」（好吃）；男朋友說要買機車，是不是就想到「山葉」的「牙媽哈」（山葉）。當然，假日想打打牙祭，也常想到「沙西米」（生魚片）、「挖沙比」（芥末）囉！這些在我們生活中，不經意就脫口而出的詞彙，可都是日語喔！ **所以這些50音，你天天都在說喔！**

用你會的，加上創意，50音就是簡單

　　這裡要告訴你，用你會講的日語，再加上一點搞笑，來學50音就可以啦！也就是，從已經會的「音」，配合很有動感的RAP，來記假名的「音」，再加上有創意，笑點十足的插畫，來記假名的「形」。啊哈！50音原來可以這麼可愛、好學！

平假名原來可以這麼可愛

　　你能從「唏哩呼嚕一口就吸起拉麵的樣子」聯想到平假名「su」嗎？又從「使勁蹲馬桶的人」聯想平假名「n」嗎？再從「搶購衣服的媽媽」聯想到平假名「wa」嗎？

　　這裡用一張張搞笑的漫畫跟對白，把平假名的形跟音，一起點出來，由於插畫幽默又具故事性，就像看繪本一樣，讓你看了就會，一點就通，記一輩子。看到「藏在插畫裡的字形」還能會心一笑，換來好心情。

片假名原來可以這麼搞笑

　　「片假名」其實是很「平易近人」的，因為它們都是出生自「國字」，取「國字」身體的一部分而來的！例如：片假名「hi」是從國字「比」來的。知道這個道理，就很簡單了。這裡將國字擬人化，讓它們當起主角。

　　利用「字源搞笑漫畫」跟搞笑的對白，告訴你片假名從哪個字來的，以輕易聯想字形，在搞笑對白中，點出發音，讓你看了就懂、看了就笑，同時把發音給牢牢記住。也就是以「國字SHOW型+對話SHOW音」的最佳拍檔，要你發覺日語骨子裡的細胞，原來是國字！

會的日語＋動感RAP，記發音超有趣

吃起來嗆鼻的「挖沙比」的「挖」發音跟假名「wa」很接近，我們用怎麼記，也就是用你會講的音，再加上動感十足的RAP，及可愛的插圖，讓你隨著韻律，邊唱，邊看圖，當然也可以邊跳喔！由於動用了眼、口、耳及身體四覺，集中力也相對提升。這樣自然而然，就把發音給牢牢記住了！也為你在字形、字音和單字三方面，打下最堅實的基礎！

24小時實用生活日語60句

會了50音以後，你一定忍不住，想開口溜幾句日語吧！沒問題，學過了當然就要用。這裡還有24小時，食衣住行實用生活日語60句，讓你過過癮。你會發現，短短的時間，自己日語能力竟然直線上升，馬上開口說日語了。

我的第一本50音有聲解說版，超讚！

除了有趣的搞笑插圖跟對白，還有50音有聲書，陪你一起開車、等車、坐車、洗澡、做家事。很忙或是想利用瑣碎時間學會50音的人，就讓有聲的50音，把搞笑的內容、聯想的方式說給你聽吧！

想進階一點的話—邊唸50音邊寫、邊聽日文歌邊看歌詞

邊唸邊寫：自己唸到哪個音，就寫出哪個假名，檢測學習成效，就是這麼簡單！邊聽日文歌邊看歌詞：喜歡的旋律、迷人的歌聲，就是百聽不厭的最佳日語教材！對照歌詞加深記憶，就是「會寫、會唸、會唱」一舉3得！

從此以後，無論是聽喜歡的日文歌、看偶像的日劇還是日本動漫，都可以從自己已經學會的字開始著手，試著猜猜前後文的意思，你會發現自己看懂不少了！帶著自信與好奇心，處處都是日語教材喔！

會了50音，就能實現你這麼多願望：

大唱日文歌！管他是流行歌、RAP還是演歌，通通一起來

看最潮日文雜誌！流行雜誌《nonno》、《soup》…流行不落人後

搶先看動漫！海賊王、火影忍者、NANA、蠟筆小新，全都是我的最愛

日劇最同步！哈！就是聽得懂木村說的那一句話

玩電玩不求人！我一人就闖關成功了

50音表

あ ア a	い イ i	う ウ u	え エ e	お オ o
か カ ka	き キ ki	く ク ku	け ケ ke	こ コ ko
さ サ sa	し シ shi	す ス su	せ セ se	そ ソ so
た タ ta	ち チ chi	つ ツ tsu	て テ te	と ト to
な ナ na	に ニ ni	ぬ ヌ nu	ね ネ ne	の ノ no
は ハ ha	ひ ヒ hi	ふ フ fu	へ ヘ he	ほ ホ ho
ま マ ma	み ミ mi	む ム mu	め メ me	も モ mo
や ヤ ya		ゆ ユ yu		よ ヨ yo
ら ラ ra	り リ ri	る ル ru	れ レ re	ろ ロ ro
わ ワ wa				を ヲ o
				ん ン n

50音 RAP 記憶法

（含目錄）

わ、わ、わ……挖沙米的わわさび
芥末

Rap起來！ 這些50音你天天都在說！

前奏	第1-2次	間奏	第3次
預備起！	聽老師RAP！	預備起！	換你RAP！

平假名　　　　　　あ行

26頁 **あ**【a】　あ・あ・あ・阿娜答的阿（あ）
親愛的

27頁 **い**【i】　い・い・い・卡娃伊的伊（い）
可愛

28頁 **う**【u】　う・う・う・烏梅的烏（う）
梅子

29頁 **え**【e】　え・え・え・哆啦A夢的A（え）
哆啦A夢

30頁 **お**【o】　お・お・お・歐吉桑的歐（お）
老先生（大伯・大叔）

*Rap*起來！這些50音你天天都在說！

前奏	第1-2次	間奏	第3次
預備起！	聽老師RAP！	預備起！	換你RAP！

か行

31頁	か【ka】	か・か・か　卡棒的卡^か
		手提包

32頁	き【ki】	き・き・き　奇摩子的奇^き
		心情

33頁	く【ku】	く・く・く　撒酷啦的酷^く
		櫻花

34頁	け【ke】	け・け・け　沙 K 的 K^け
		清酒

35頁	こ【ko】	こ・こ・こ　控尼七哇的控^こ
		你好

Rap起來！這些50音你天天都在說！

前奏	第1-2次	間奏	第3次
預備起！	聽老師RAP！	預備起！	換你RAP！

さ行

36頁	さ【sa】	さ．さ．さ．歐巴桑的桑 婦人（大嬸・大媽）
37頁	し【shi】	し．し．し．歐伊細的細 好吃
38頁	す【su】	す．す．す．蘇西的蘇 壽司
39頁	せ【se】	せ．せ．せ．西米羅的西 西裝
40頁	そ【so】	そ．そ．そ．咪搜西嚕的搜 味噌湯

*Rap*起來！ 這些50音你天天都在說！

前奏	第1-2次	間奏	第3次
預備起！	聽老師RAP！	預備起！	換你RAP！

た行

41頁 た【ta】 た・た・た・榻榻米的榻^た
榻榻米

42頁 ち【chi】 ち・ち・ち・一級棒的級^ち
第一名

43頁 つ【tsu】 つ・つ・つ・愛傻足的足^つ
打招呼

44頁 て【te】 て・て・て・甜不辣的甜^て
天婦羅

45頁 と【to】 と・と・と・偷媽偷的偷^と
蕃茄

9

track 1-5

Rap起來！這些50音你天天都在說！

前奏　　第1-2次　　間奏　　第3次

預備起！　聽老師RAP！　預備起！　換你RAP！

な行

46頁　な【na】　な・な・な・莎喲那拉的那
再見

47頁　に【ni】　に・に・に・歐尼基里的尼
飯糰

48頁　ぬ【nu】　ぬ・ぬ・ぬ・一奴的奴
狗

49頁　ね【ne】　ね・ね・ね・內桑的內
小姐

50頁　の【no】　の・の・の・NO里的NO
海苔

10

*Rap*起來！ 這些50音你天天都在說！

前奏	第1-2次	間奏	第3次
預備起！	聽老師RAP！	預備起！	換你RAP！

は行

51頁 | は【ha】 | は・は・は・哈姆的哈(は)
火腿

52頁 | ひ【hi】 | ひ・ひ・ひ・嘻踏己的嘻(ひ)
日立電機

53頁 | ふ【fu】 | ふ・ふ・ふ・忽急桑的忽(ふ)
富士山

54頁 | へ【he】 | へ・へ・へ・抬嘿恩的嘿(へ)
辛苦

55頁 | ほ【ho】 | ほ・ほ・ほ・吼開豆的吼(ほ)
北海道

11

*Rap*起來！ 這些50音你天天都在說！

前奏	第1-2次	間奏	第3次
預備起！	聽老師RAP！	預備起！	換你RAP！

ま行

56頁	ま【ma】	ま・ま・ま・ 忙尬的忙 ま 漫畫
57頁	み【mi】	み・み・み・ 沙西米的米 み 生魚片
58頁	む【mu】	む・む・む・ 紅不讓的不 む 全壘打
59頁	め【me】	め・め・め・ 妹喜的妹 め 名片
60頁	も【mo】	も・も・も・ 摸西摸西的摸 も 喂！

*Rap*起來！ 這些50音你天天都在說！

track 1-8

前奏	第1-2次	間奏	第3次
預備起！	聽老師RAP！	預備起！	換你RAP！

や行

61頁	や【ya】	や・や・や 歐米**牙**給的**牙** 拌手禮

62頁	ゆ【yu】	ゆ・ゆ・ゆ **郵**便局的**郵** 郵局

63頁	よ【yo】	よ・よ・よ 喔嗨**喲**的**喲** 早安

*Rap*起來！ 這些50音你天天都在說！

前奏	第1-2次	間奏	第3次
預備起！	聽老師RAP！	預備起！	換你RAP！

ら行

64頁	ら【ra】	ら・ら・ら・拉麵的拉 ^ら
		拉麵

65頁	り【ri】	り・り・り・吝GO的吝 ^り
		蘋果

66頁	る【ru】	る・る・る・他歐魯的魯 ^る
		毛巾

67頁	れ【re】	れ・れ・れ・失禮的禮 ^れ
		對不起

68頁	ろ【ro】	ろ・ろ・ろ・偷露的露 ^ろ
		鮪魚

Rap起來！這些50音你天天都在說！

track 1-10

前奏	第1-2次	間奏	第3次

預備起！	聽老師RAP！	預備起！	換你RAP！

わ行

69頁 **わ**【wa】 わ・わ・わ・哇沙米的哇^わ
芥末

70頁 **を**【o】 を・を・を・黑輪的黑 ☆お（＝を）
關東煮

☆「を」為助詞，發音跟「お」一樣，為了記憶上的方便，借用「おでん」的「お」來聯想「を」的發音。

71頁 **ん**【n】 ん・ん・ん・扛恩棒恩的恩^ん
看板

15

*Rap*起來！ 這些50音你天天都在說！

前奏	第1-2次	間奏	第3次
預備起！	聽老師RAP！	預備起！	換你RAP！

片假名　　ア行

72頁　**ア**【a】　ア・ア・ア・阿莎力的阿 ^ア
爽快

73頁　**イ**【i】　イ・イ・イ・賴衣打的衣 ^イ
打火機

74頁　**ウ**【u】　ウ・ウ・ウ・奧烏豆的烏 ^ウ
出局

75頁　**エ**【e】　エ・エ・エ・延緊的延 ^エ
引擎

76頁　**オ**【o】　オ・オ・オ・歐兜賣的歐 ^オ
摩托車

Rap 起來！這些50音你天天都在說！

前奏	第1-2次	間奏	第3次
預備起！	聽老師RAP！	預備起！	換你RAP！

カ行

77頁　**カ** 【ka】　カ・カ・カ **喀**豆的 **喀** `カ`
卡片

78頁　**キ** 【ki】　キ・キ・キ 布列 **KI** 的 **KI** `キ`
煞車

79頁　**ク** 【ku】　ク・ク・ク 拖拉 **庫** 的 **庫** `ク`
貨車

80頁　**ケ** 【ke】　ケ・ケ・ケ 卡拉o **K** 的 **K** `ケ`
卡拉OK

81頁　**コ** 【ko】　コ・コ・コ **扣** 啦的 **扣** `コ`
可樂

17

*Rap*起來！這些50音你天天都在說！

前奏	第1-2次	間奏	第3次
1·2·3·4		1·2·3·4	
預備起！	聽老師RAP！	預備起！	換你RAP！

サ行

82頁	サ【sa】	サ・サ・サ・ 沙比斯的沙^サ
		優惠

83頁	シ【shi】	シ・シ・シ・ 哇搭西的西^シ
		我

84頁	ス【su】	ス・ス・ス・ 巴士的士^ス
		公車

85頁	セ【se】	セ・セ・セ・ 謝多的謝^セ
		造型

86頁	ソ【so】	ソ・ソ・ソ・ 馬拉松的松^ソ
		馬拉松

Rap起來！ 這些50音你天天都在說！

前奏	第1-2次	間奏	第3次

預備起！	聽老師RAP！	預備起！	換你RAP！

タ行

87頁	タ【ta】	タ・タ・タ・ 他哭西的他^タ
		計程車

88頁	チ【chi】	チ・チ・チ・ 柏青哥的青^チ
		小鋼珠

89頁	ツ【tsu】	ツ・ツ・ツ・ 蜜汁鼻吸的汁^ツ
		三菱工業

90頁	テ【te】	テ・テ・テ・ 卡墊的墊^テ
		窗簾

91頁	ト【to】	ト・ト・ト・ 扣斗的斗^ト
		大衣

Rap起來！這些50音你天天都在說！

前奏	第1-2次	間奏	第3次
預備起！	聽老師RAP！	預備起！	換你RAP！

ナ行

92頁	ナ【na】	ナ・ナ・ナ 巴**娜娜**的**娜** ᴺᵃ
		香蕉

93頁	ニ【ni】	ニ・ニ・ニ 阿**尼**基的**尼** ᴺⁱ
		大哥

94頁	ヌ【nu】	ヌ・ヌ・ヌ 史**努**比的**努** ᴺᵘ
		史努比

95頁	ネ【ne】	ネ・ネ・ネ **内**姑帶的**内** ᴺᵉ
		領帶

96頁	ノ【no】	ノ・ノ・ノ **NO**偷的**NO** ᴺᵒ
		筆記

Rap起來！ 這些50音你天天都在說！

前奏	第1-2次	間奏	第3次

預備起！	聽老師RAP！	預備起！	換你RAP！

ハ行

97頁 ハ【ha】 ハ・ハ・ハ 韓兜魯的韓（ハ）
方向盤

98頁 ヒ【hi】 ヒ・ヒ・ヒ 扣HE的HE（ヒ）
咖啡

99頁 フ【fu】 フ・フ・フ 勾嚕夫的夫（フ）
高爾夫球

100頁 ヘ【he】 ヘ・ヘ・ヘ 黑啊司太魯的黑（ヘ）
髮型

101頁 ホ【ho】 ホ・ホ・ホ 吼貼魯的吼（ホ）
飯店

*Rap*起來！ 這些50音你天天都在說！

前奏	第1-2次	間奏	第3次
預備起！	聽老師RAP！	預備起！	換你RAP！

マ行

102頁　マ【ma】　マ・マ・マ・麥苦的麥^マ
麥克風

103頁　ミ【mi】　ミ・ミ・ミ・阿魯米的米^ミ
鋁

104頁　ム【mu】　ム・ム・ム・哭力姆的姆^ム
奶油

105頁　メ【me】　メ・メ・メ・美紐的美^メ
菜單

106頁　モ【mo】　モ・モ・モ・莫打的莫^モ
馬達

*Rap*起來！ 這些50音你天天都在說！

前奏	第1-2次	間奏	第3次
預備起！	聽老師RAP！	預備起！	換你RAP！

ヤ行

107頁	ヤ【ya】	ヤ・ヤ・ヤ・亞媽哈的^ヤ亞

山葉機車

108頁	ユ【yu】	ユ・ユ・ユ・愛老虎油的^ユ油

我愛你

109頁	ヨ【yo】	ヨ・ヨ・ヨ・頭油塔的^ヨ油

豐田汽車

*Rap*起來！ 這些50音你天天都在說！

前奏	第1-2次	間奏	第3次

預備起！	聽老師RAP！	預備起！	換你RAP！

ラ行

110頁	ラ【ra】	ラ・ラ・ラ　拉吉歐的拉^ラ 收音機
111頁	リ【ri】	リ・リ・リ　司立趴的立^リ 拖鞋
112頁	ル【ru】	ル・ル・ル　碧魯的魯^ル 啤酒
113頁	レ【re】	レ・レ・レ　雷孟的雷^レ 檸檬
114頁	ロ【ro】	ロ・ロ・ロ　撲囉的囉^ロ 專業

*Rap*起來！ 這些50音你天天都在說！

前奏	第1-2次	間奏	第3次

預備起！	聽老師RAP！	預備起！	換你RAP！

ワ行

115頁 **ワ**【wa】 ワ・ワ・ワ・歪下子的歪 ^ワ
襯衫

116頁 **ヲ**【o】 ヲ・ヲ・ヲ・歐西摸裡的歐 ^{☆オ（=ヲ）}
溼紙巾（溼毛巾）

☆「ヲ」為助詞，發音跟「オ」一樣，為了記憶上的方便，借用「オシボリ」的「オ」來聯想「ヲ」的發音。

117頁 **ン**【n】 ン・ン・ン・面恩魯的恩 ^ン
賓士

118頁 **附錄** 生・活・常・用・句
附拼音

あ 【a】

安 ▸ あ ▸ あ

track 1-21

聯想一下

| 發音 | 跟「啊、阿」相似 |
| 字形 | 像有四隻手的武林高手。 |

啊呀！
看我的
千手神功！

你饒了我吧！

碰！
碰！！
蹦！！！

→

惡霸活該！

Rap一下 原來我都會啦！

1	台灣腔這樣說	阿・娜・答	
2	東京腔這樣說 唸3遍	阿 あ・な・た a na ta	親愛的
3	跟我Rap 唸2遍	あ・あ・あ・あなた的あ	

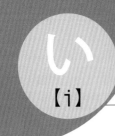

い 【i】

以 ▸ ▸ い

聯想一下

| 發音 | 跟「一、伊」相似 |
| 字形 | 像馬跟鹿互瞪著。 |

你是世上第一號大笨蛋！

你才是！

對吖！

→

第一號大笨蛋是你倆啦！

注：日語「馬鹿（バカ）」就是笨蛋的意思。

Rap一下 原來我都會啦！

| 1 | 台灣腔這樣說 | 卡・娃・伊 | |

| 2 | 東京腔這樣說 唸3遍 | か・わ・い・い ka wa 伊 伊 | 可愛 |

| 3 | 跟我Rap 唸2遍 | い・い・い・かわいい的い |

27

う 【u】

宇 ▶ 字 ▶ う

聯想一下

| 發音 | 跟「嗚、烏」相似 |
| 字形 | 像一隻手被木球打到了。 |

啵！打歪了！

實心木頭！

啊嗚！痛！

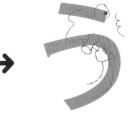

→

Rap 一下 原來我都會啦！

1	台灣腔 這樣說	烏·梅	
2	東京腔 這樣說 唸3遍	烏 う·め u me	梅子
3	跟我Rap 唸2遍	う·う·う·うめ的う	

え
【e】

衣 ▶ え ▶ え

track **1-24**

聯想一下

發音	跟「矮（台）、A」相似
字形	像一個150公分高的女孩。

人家看不到啦！

自卑！

唉！太矮（台）了！

Rap 一下 🔊 原來我都會啦！

1	台灣腔這樣說	哆·啦·A·夢	
2	東京腔這樣說 唸3遍	ど·ら·え·も·ん do ra e mo n （A）	哆啦A夢
3	跟我Rap 唸2遍	え·え·え·どらえもん的え	

お
【o】

於 ▶ お ▶ お

聯想一下

發音	跟「喔、歐」相似
字形	像騎單輪車搖搖欲墜的小孩。

好笨喔！

走著瞧！

啦啦～開心～

過分！

  →

Rap 一下　原來我都會啦！

1	台灣腔這樣說	歐・吉・桑	
2	東京腔這樣說 唸3遍	歐 お・じ・さ・ん o ji sa n	老先生（大伯・大叔）
3	跟我Rap 唸2遍	お・お・お・おじさん的お	

30

か 【ka】

加 ▸ 加 ▸ か

track 1-26

聯想一下

發音 跟「腳（台）、卡」相似

字形 像小女孩騎腳踏車。

哇！騎腳（台）踏車，好舒服喔！

喂！帽子掉了。

Rap一下 🔊 原來我都會啦！

1	台灣腔 這樣說	卡・棒	
2	東京腔 這樣說 唸3遍	卡 か・ば・ん ka ba n	手提包
3	跟我Rap 唸2遍	か・か・か・かばん的か	

31

き
【ki】

幾 ▸ ▸ き

聯想一下

> **發音** 跟「傾(台)、奇」相似
>
> **字形** 像一台斜向右邊的車子。

公車怎麼傾(台)一邊呢！

老弱婦孺上下車方便啊！

日本人，真貼心！

 →

Rap 一下 🔊 原來我都會啦！

1	台灣腔 這樣說	奇・摩・子	
2	東京腔 這樣說 唸3遍	奇 き・も・ち ki mo chi	心情
3	跟我Rap 唸2遍	き・き・き・きもち的き	

【ku】

聯想一下

| 發音 | 跟「酷」相似 |
| 字形 | 像騎摩托車的酷哥。 |

我像一匹野狼，馳騁在原野！

酷斃了！

Rap一下 原來我都會啦！

1	台灣腔 這樣說	撒・酷・啦	
2	東京腔 這樣說 唸3遍	さ・く・ら sa ku ra （酷）	櫻花
3	跟我Rap 唸2遍	く・く・く・さくら的く	

け 【ke】

計 ▸ け ▸ け

聯想一下

發音	跟「K」相似
字形	像發燒的女孩打開冰箱。

人家想吃冰淇淋！

 →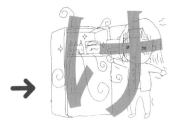

笨蛋！你想被K啊！

Rap一下 原來我都會啦！

1	台灣腔這樣說	沙・K	
2	東京腔這樣說 唸3遍	さ・け sa ke (K)	清酒
3	跟我Rap 唸2遍	け・け・け・さけ的け	

34

こ 【ko】

己 ▶ こ ▶ こ

聯想一下

| 發音 | 跟「口」相似 |
| 字形 | 像藝妓唇上的口紅。 |

口紅只塗下半唇是資淺的舞妓。

塗雙唇的是資深有簽約的藝妓。

有研究喔！

→

*Rap*一下 原來我都會啦！

1	台灣腔 這樣說	控・尼・七・哇	

2	東京腔 這樣說 唸3遍	こ・ん・に・ち・は ko n ni chi wa	你好

3	跟我Rap 唸2遍	こ・こ・こ・こんにちは的こ

さ
【sa】

左 ▸ ▸ さ

聯想一下

發音	跟「沙、桑」相似
字形	像坐在沙灘上的少女。

坐在沙灘上，好舒服喔！

很有夏威夷女郎的fu～。

咬她的手。

→

Rap一下 原來我都會啦！

1	台灣腔這樣說	歐・巴・桑	
2	東京腔這樣說 唸3遍	お・ば・さ（沙）・ん o　ba　sa　n	老太太 （大嬸・大媽）
3	跟我Rap 唸2遍	さ・さ・さ・おばさん的さ	

36

し【shi】

之 → ㇗ → し

聯想一下

發音	跟「C、細」相似
字形	像女孩臉上的檸檬片。

女人每天晚上做的事。

喔！嗯！我要美麗！

補充維他命C啦！
刮著腿毛...啦！

 →

Rap一下 原來我都會啦！

1 台灣腔這樣說	歐·伊·細	
2 東京腔這樣說 唸3遍	細 お·い·し·い o　i　shi　i	好吃
3 跟我Rap 唸2遍	し·し·し·おいしい的し	

37

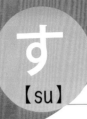

す【su】

寸 ▸ す ▸ す

track 1-33

聯想一下

發音 跟「吸(台)、蘇」相似

字形 像一口氣吸食拉麵。

看！吃麵就要一口氣**吸**(台)！

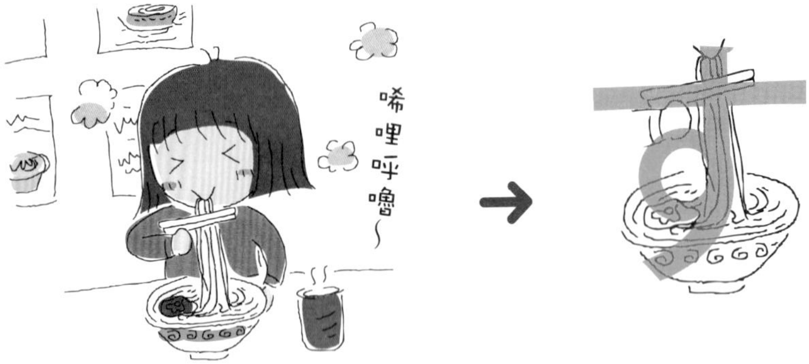

Rap一下 原來我都會啦！

1	台灣腔 這樣說	蘇・西
2	東京腔 這樣說 唸3遍	蘇 す・し su shi 壽司
3	跟我Rap 唸2遍	す・す・す・すし的す

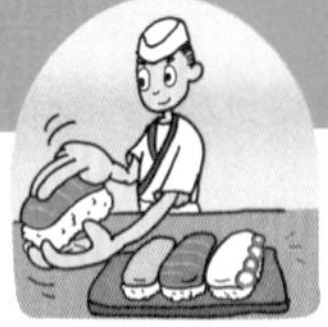

せ 【se】

世 → ぜ → せ

聯想一下

| 發音 | 跟「西（台）」相似 |
| 字形 | 像坐在椅子上的太太。 |

哇！在椅子上也能跪坐喔！

日本人超厲害！

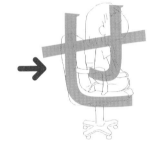

西（台）洋人都佩服！

Rap一下 🔊 原來我都會啦！

| 1 | 台灣腔 這樣說 | 西（台）· 米 · 羅 | |

| 2 | 東京腔 這樣說 唸3遍 | 西（台）
せ · び · ろ
se · bi · ro | 西裝 |

| 3 | 跟我Rap 唸2遍 | せ · せ · せ · せびろ的せ |

39

そ 【SO】

曾 ▸ そ ▸ そ

track 1-35

聯想一下

發音 跟「索、搜」相似

字形 像被小孩玩弄的蛇。

喂！我是蛇，不是繩索耶！

我最高！

超強!!

→ そ

Rap 一下 原來我都會啦！

1	台灣腔 這樣說	咪・搜・西・嚕	
2	東京腔 這樣說 唸3遍	み・そ・し・る mi so shi ru　（搜）	味噌湯
3	跟我Rap 唸2遍	そ・そ・そ・みそしる的そ	

40

た 【ta】

 太 た た

track 1-36

聯想一下

| 發音 | 跟「她、榻」相似 |
| 字形 | 像男人夢中的仙女。 |

 →

我老婆，她是仙女！

又做白日夢了。

Rap一下 原來我都會啦！

1	台灣腔 這樣說	榻・榻・米	
2	東京腔 這樣說 唸3遍	榻 榻 た・た・み ta　ta　mi	榻榻米
3	跟我Rap 唸2遍	た・た・た・たたみ的た	

41

ち 【chi】

知 ▸ ▸ ち

聯想一下

發音 跟「七、級」相似

字形 像日本古老的人力車。

沒有體力的就坐七字籠啊。

要命！還有357階。

運動不足！

Rap一下 原來我都會啦！

1	台灣腔 這樣說	一・級・棒	
2	東京腔 這樣說 唸3遍	い・ち・ば・ん i chi ba n（級）	第一名
3	跟我Rap 唸2遍	ち・ち・ち・いちばん的ち	

【tsu】

聯想一下

| 發音 | 跟「足」相似 |
| 字形 | 像一隻腳滑壘成功的腳。 |

再見全壘打！

捷足先登啦！

帥！

Rap一下 原來我都會啦！

1	台灣腔這樣說	愛・傻・足

2	東京腔這樣說 唸3遍	あ・い・さ・つ 足 **打招呼**

a　i　sa　tsu

3	跟我Rap 唸2遍	つ・つ・つ・あいさつ的つ

て【te】

天 ▸ て ▸ て

聯想一下

發音	跟「天、甜」相似
字形	像跪在地上求婚的癡情男士。

就憑你！太天真了！

請讓我們結婚吧！

  →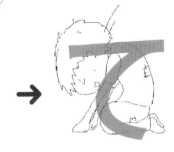

使出渾身解數！

Rap 一下 原來我都會啦！

1	台灣腔這樣說	甜・不・辣	
2	東京腔這樣說 唸3遍	天 て・ん・ぷ・ら te n pu ra	天婦羅
3	跟我Rap 唸2遍	て・て・て・てんぷら的て	

止 ▸ 止 ▸ と

track 1-40

 聯想一下

發音	跟「凸 (台)、偷」相似

字形	像背部在進行拔罐治療。

哇！背部都凸 (台) 出來了

痛！痛！

瞧小鬼！

 →

Rap一下 🔊 原來我都會啦！

1	台灣腔 這樣說	偷・媽・偷	
2	東京腔 這樣說 唸3遍	と・ま・と to ma to (偷・偷)	蕃茄
3	跟我Rap 唸2遍	と・と・と・とまと的と	

45

な 【na】

奈 ▶ 奈 ▶ な

聯想一下

| 發音 | 跟「拿、那」相似 |
| 字形 | 像在海裡遇到了霸道的大魚。 |

這又不是你家！
幹嘛！
別檔路啦！真拿你沒辦法！

Rap一下 🔊 原來我都會啦！

1	台灣腔這樣說	莎・喲・那・拉
2	東京腔這樣說 唸3遍	さ・よ・な・ら 那 再見 sa yo na ra
3	跟我Rap 唸2遍	な・な・な・さよなら的な

46

に
【ni】

仁・に・に

聯想一下

發音 跟「你、尼」相似

字形 像媽媽看著兩父子誇張的睡像。

你倆父子，睡覺也是一個樣，真受不了！

搖頭！

Rap一下 原來我都會啦！

1	台灣腔這樣說	歐・尼・基・里	

2	東京腔這樣說 唸3遍	お・に・ぎ・り ō ni gi ri 尼	飯糰

3	跟我Rap 唸2遍	に・に・に・おにぎり的に

ぬ
【nu】

奴 ▸ ぬ ▸ ぬ

聯想一下

發音	跟「怒、奴」相似
字形	像一板一眼的女兒跟任性的娘。

不行！太貴了！

我要！我要！

怒！

誰是媽呀！

滿地打滾！

→ **ぬ**

*Rap*一下 原來我都會啦！

1	台灣腔這樣說	一・奴	
2	東京腔這樣說 唸3遍	い・ぬ（奴） i・nu	狗
3	跟我Rap 唸2遍	ぬ・ぬ・ぬ・いぬ的ぬ	

ね
【ne】

祢 ▸ 祢 ▸ ね

 track 1-44

聯想一下

| 發音 | 跟「內」相似 |
| 字形 | 像老婆幫老公按摩。 |

喔～，好～！

老公！我想買PRADA皮包。

→ ね

內人幫我按摩就會這樣。

Rap一下 原來我都會啦！

1	台灣腔這樣說	內 · 桑	
2	東京腔這樣說 唸3遍	內 ね · え · さ · ん ne ・ θ ・ sa ・ n	小姐
3	跟我Rap 唸2遍	ね · ね · ね · ねえさん的ね	

の 【no】

乃 ▶ の ▶ の

track 1-45

聯想一下

| 發音 | 跟「NO」相似 |
| 字形 | 像一個色色的豬鼻子。 |

帥哥！一起玩吧！

NO！NO！
我對美女最
沒輒了！

→

Rap一下 原來我都會啦！

1	台灣腔 這樣說	NO·里	
2	東京腔 這樣說 唸3遍	NO の·り no ri	海苔
3	跟我Rap 唸2遍	の・の・の・のり的の	

50

は
【ha】

波 ▸ 波 ▸ は

聯想一下

| 發音 | 跟「哈」相似 |
| 字形 | 像在船上洗溫泉。 |

哈！好棒的溫泉喔！

船上也有溫泉！

哈！

好玩好玩！

→

Rap 一下 🔊 原來我都會啦！

1	台灣腔 這樣說	哈 · 姆	
2	東京腔 這樣說 唸3遍	哈 **は · む** ha ／ mu	火腿
3	跟我Rap 唸2遍	は · は · は · はむ的は	

ひ 【hi】

比 ▶ ﾋｬ ▶ ひ

 track 1-47

聯想一下

發音 跟「魚（台）、嘻」相似

字形 像一條活繃亂跳的魚。

我釣到一條魚（台）啦！

使力掙扎！

不要啦！我上有老母，下有幼兒。

Rap 一下 🔊 原來我都會啦！

1	台灣腔 這樣說	嘻・踏・己	
2	東京腔 這樣說 唸3遍	嘻 ひ・た・ち hi ta chi	日立電機
3	跟我Rap 唸2遍	ひ・ひ・ひ・ひたち的ひ	

ふ 【fu】

不 ▸ ふ ▸ ふ

聯想一下

發音 跟「呼、忍」相似

字形 像鐵達尼號上的女主角。

風好強呼~，
浪漫吧！

自戀狂！

鐵達尼號。

Rap一下 原來我都會啦！

1	台灣腔 這樣說	忽・急・桑	
2	東京腔 這樣說 唸3遍	忽 ふ・じ・さ・ん fu ji sa n	富士山
3	跟我Rap 唸2遍	ふ・ふ・ふ・ふじさん的ふ	

【he】

部 ▸ 糸彡 ▸ へ

聯想一下

發音	跟「嘿」相似
字形	像筷子架在筷枕上。

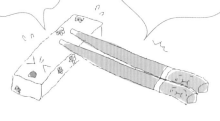

哼！可惡！

嘿嘿！我注定在你上面啦！

別吵了！這樣比較衛生啦！

Rap一下 🔊 原來我都會啦！

1	台灣腔這樣說	抬・嘿・恩	
2	東京腔這樣說 唸3遍	嘿 た・い・へ・ん ta i he n	辛苦
3	跟我Rap 唸2遍	へ・へ・へ・たいへん的へ	

ほ 【ho】

保 ▸ ほ ▸ ほ

 聯想一下

- 發音 跟「猴、吼」相似
- 字形 像酒瓶跟酒醉的猴子。

猴子喝醉了，會怎樣呢？

走路也會歪歪斜斜的、早上宿醉…。

 →

Rap 一下 原來我都會啦！

1	台灣腔 這樣說	吼・開・豆	

2	東京腔 這樣說 唸3遍	ほ・っか・い・ど・う ho kka i do o	北海道

3	跟我Rap 唸2遍	ほ・ほ・ほ・ほっかいどう的ほ	

55

ま【ma】

末 ▸ 末 ▸ ま

聯想一下

| 發音 | 跟「馬」相似 |
| 字形 | 像小女孩的馬尾。 |

我最喜歡綁馬尾了!

打扮那麼漂亮,去哪裡!

 →

Rap 一下 🔊 原來我都會啦!

1	台灣腔 這樣說	忙・尬	
2	東京腔 這樣說 唸3遍	馬 ま・ん・が ma　n　ga	漫畫
3	跟我Rap 唸2遍	ま・ま・ま・まんが的ま	

み 【mi】

美 ▸ 美 ▸ み

聯想一下

發音	跟「米」相似
字形	像剪刀要剪線頭。

只能拿5公分，一米都不能差喔！

知道啦！

好龜毛！

 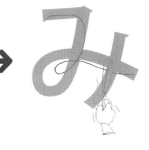

→ み

Rap一下 🔊 原來我都會啦！

1	台灣腔 這樣說	沙‧西‧米	
2	東京腔 這樣說 唸3遍	さ‧し‧み sa shi mi	生魚片
3	跟我Rap 唸2遍	み‧み‧み‧さしみ的み	

57

む 【mu】

武 ▸ む ▸ む

track 1-53

聯想一下

發音 跟「沐、母」相似

字形 像打了結的水管跟蓮蓬頭。

沐浴囉！咦？水出不出來耶！

驚！

這打結了！誰這麼厲害！

→ む

Rap一下 🔊 原來我都會啦！

1	台灣腔這樣說	紅・不・讓	
2	東京腔這樣說 唸3遍	ほ・お・む・ら・ん ho o mu ra n （母）	全壘打
3	跟我Rap 唸2遍	む・む・む・ほおむらん 的む	

58

め 【me】

女 ▶ め ▶ め

track 1-54

聯想一下

發音 跟「美、妹」相似

字形 像美麗的花束。

嗯~好美的花，謝謝！

娃娃聲！

名模一姐

→

Rap一下 🔊 原來我都會啦！

1	台灣腔 這樣說	妹・喜	
2	東京腔 這樣說 唸3遍	妹 め・い・し me i shi	名片
3	跟我Rap 唸2遍	め・め・め・めいし的め	

59

も
【mo】

毛 ▶ 毛 ▶ も

聯想一下

發音	跟「摸」相似
字形	像逗弄小狗的松鼠尾巴。

哈哈哈！
你摸不到！

有種下來啊！

Rap 一下 原來我都會啦！

1	台灣腔 這樣說	摸・西・摸・西	
2	東京腔 這樣說 唸3遍	摸　　　摸 も・し・も・し mo　shi　mo　shi	喂！
3	跟我Rap 唸2遍	も・も・も・もしもし的も	

や
【ya】

也 ▸ や ▸ や

聯想一下

發音 跟「呀、牙」相似

字形 像彎腰量體重的女孩。

太棒了！
感冒了三天，
瘦了1.5公斤。

但，沒多久
又胖回來了呀！

→

Rap一下 原來我都會啦！

1	台灣腔 這樣說	歐・米・牙・給	
2	東京腔 這樣說 唸3遍	お・み・や・げ o　mi　ya　ge　（牙）	伴手禮
3	跟我Rap 唸2遍	や・や・や・おみやげ的や	

ゆ
【yu】

由 ▸ 由 ▸ ゆ

 想一下

發音 跟「郵（台）」相似

字形 像一瓶充滿母親的愛的醬油。

媽！又寄東西給我啦！

啊！我一直想要的醬油。

容易滿足！

 →

*Rap*一下 🔊 原來我都會啦！

1	台灣腔這樣說	郵・便・局（台）	
2	東京腔這樣說 唸3遍	郵（台） ゆ─う・び・ん・きょ・く yu　u　bi　n　kyo　ku	郵局
3	跟我Rap 唸2遍	ゆ・ゆ・ゆ・ゆうびんきょく 的ゆ	

よ

【yo】

与 ▸ 與 ▸ よ

聯想一下
- 發音 跟「喲」相似
- 字形 像一把被遺忘的鑰匙。

哎喲！鑰匙忘記帶出來了啦！

打扮得漂漂亮亮！

鬧彆扭中！→

Rap一下 原來我都會啦！

1	台灣腔 這樣說	喔‧嗨‧喲	

2	東京腔 這樣說 唸3遍	喲 お‧は‧よ‧う o　ha　yo　U	早安

3	跟我Rap 唸2遍	よ‧よ‧よ‧おはよう的よ

ら【ra】

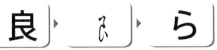

track **2-1**

良 ▸ ᵋ ▸ ら

聯想一下

發音 跟「拉」相似

字形 像肚子疼痛難耐的男人。

鐵打的身體，沒堪三天的腹瀉！

拉了三天了！

咕嚕！咕嚕！

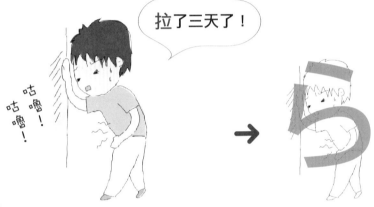

→

Rap一下 原來我都會啦！

1	台灣腔這樣說	拉・麵
2	東京腔這樣說 唸3遍	拉 ら・あ・め・ん　　拉麵 ra　a　me　n
3	跟我Rap 唸2遍	ら・ら・ら・らあめん的ら

64

り 【ri】

利 ▸ ▸ り

聯想一下
- **發音** 跟「厲」相似
- **字形** 像被削了一層皮的蘿蔔。

好厲害的身手！

看我的！

唰！

才沒有在怕！

Rap一下 原來我都會啦！

1	台灣腔 這樣說	吝 · GO	
2	東京腔 這樣說 唸3遍	厲 り · ん · ご ri n go	蘋果
3	跟我Rap 唸2遍	り · り · り · りんご的り	

65

る 【ru】

留 ▸ 畄 ▸ る

聯想一下

發音	跟「魯」相似
字形	像放有糖果，口小底大的瓶子。

全都是我的！都是我的！

不要拿那麼多啦！

很魯喔！

 →

Rap一下  原來我都會啦！

1	台灣腔這樣說	他・歐・魯	
2	東京腔這樣說 唸3遍	た・お・る 魯 ta o ru	毛巾
3	跟我Rap 唸2遍	る・る・る・たおる的る	

れ【re】

礼 ▸ 禮 ▸ れ

track 2-4

聯想一下

| 發音 | 跟「累、禮(台)」相似 |
| 字形 | 像貴妃甩彩帶。 |

啊!我貴妃勒!每天這樣甩,很累耶!

這也叫貴妃啊!

Rap一下 原來我都會啦!

1	台灣腔 這樣說	失(台)・禮(台)	

2	東京腔 這樣說 唸3遍	禮(台) し・つ・れ・い shi tsu re i	對不起

3	跟我Rap 唸2遍	れ・れ・れ・しつれい的れ

ろ 【ro】

呂 ▸ ▸ ろ

聯想一下

發音	跟「路、露」相似
字形	像一條又彎又長的路。

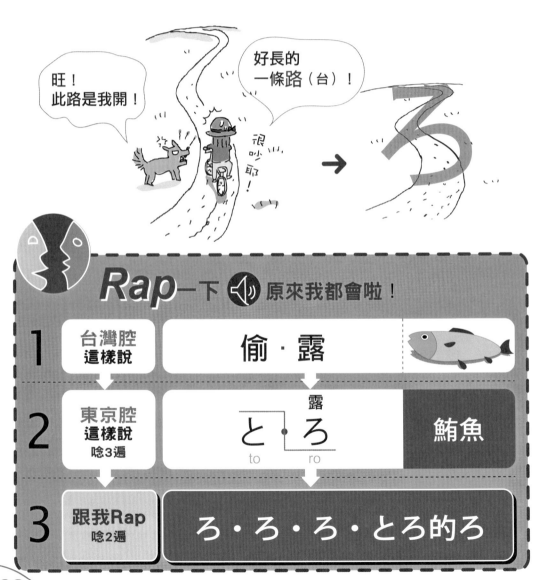

旺！
此路是我開！

好長的
一條路（台）！

很吵耶！

→

Rap一下 🔊 原來我都會啦！

1	台灣腔 這樣說	偷・露	
2	東京腔 這樣說 唸3遍	と・ろ to・ro（露）	鮪魚
3	跟我Rap 唸2遍	ろ・ろ・ろ・とろ的ろ	

わ【wa】

和 → わ → わ

track 2-6

聯想一下

發音 跟「挖、哇」相似

字形 像搶購衣服的媽媽。

 看我的挖！

百貨公司清倉大拍賣！

→

Rap一下 原來我都會啦！

1	台灣腔 這樣說	哇・沙・米	
2	東京腔 這樣說 唸3遍	哇 わ・さ・び wa　sa　bi	芥末
3	跟我Rap 唸2遍	わ・わ・わ・わさび的わ	

69

を
【o】

遠 ▶ 遠 ▶ を

track 2-7

聯想一下

發音	跟「歐、黑（台）」相似
字形	像穿和服的女孩跪坐太久了。

歐！買尬！
受不了了啦！

不是日本人！

麻～酸～ →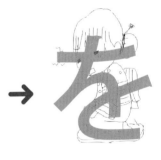

Rap一下 🔊 原來我都會啦！

1	台灣腔這樣說	黑（台）・輪（台）

2	東京腔這樣說 唸3遍	黑（台） お☆ で ん (=を) o de n	關東煮

3	跟我Rap 唸2遍	を・を・を・おでん的を☆

70

☆「を」為助詞，發音跟「お」一樣，為了記憶上的方便，借用「おでん」的「お」來聯想「を」的發音。

ん【n】

无 → す → ん

track **2-8**

聯想一下

發音 跟「恩」相似

字形 像上廁所「恩恩」的樣子。

恩～～

使勁努力！

→

Rap一下 🔊 原來我都會啦！

1	台灣腔 這樣說	扛・恩・棒・恩	

2	東京腔 這樣說 唸3遍	か・ん・ば・ん ka n ba n	看板

恩　　　　　恩

3	跟我Rap 唸2遍	ん・ん・ん・かんばん的ん

71

ア
【a】

阿 ▸ 阿 ▸ ア

聯想一下

| 發音 | 跟「啊、阿」相似 |
| 字形 | 像保齡球把小可打飛了，剩下「ア」。 |

唉呀！

么壽喔！

ㄅ一ㄨ～

看招啊！

→

*Rap*一下 🔊 原來我都會啦！

1	台灣腔這樣說	阿・莎・力	
2	東京腔這樣說 唸3遍	阿 ア・ッサ・リ a　ssa　ri	爽快
3	跟我Rap 唸2遍	ア・ア・ア・アッサリ的ア	

【i】

伊 ▸ 伊 ▸ イ

track 2-10

聯想一下

| 發音 | 跟「一、衣」相似 |
| 字形 | 像終於把女友小尹甩掉的「イ」。 |

受不了了！

我們一輩子都要在一起！

黏ㄒㄒ

→

Rap一下 🔊 原來我都會啦！

1	台灣腔這樣說	賴・衣・打	
2	東京腔這樣說 唸3遍	衣 ラ・イ・タ・ア ra i ta a	打火機
3	跟我Rap 唸2遍	イ・イ・イ・ライタア的イ	

ウ
【u】

宇 ▸ 宇 ▸ ウ

track **2-11**

聯想一下

| 發音 | 跟「嗚、烏」相似 |
| 字形 | 像跟樓下的于先生說再見，出外奮鬥的「ウ」。 |

～離情依依～

嗚～，後會有期啦

要搬啦！保重啊！

→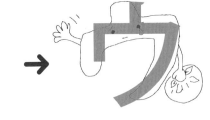

*Rap*一下 原來我都會啦！

1	台灣腔這樣說	奧・烏・豆	

2	東京腔這樣說 唸3遍	ア・ウ・ト a u to （烏）	出局

3	跟我Rap 唸2遍	ウ・ウ・ウ・アウト的ウ

エ 【e】

江 ▸ 江 ▸ エ

聯想一下

發音 跟「矮(台)、A」相似

字形 像被水放棄留在原地跑不動的「エ」。

矮真受不了你，不理你了

哎唷！我跑不動啦！

耍賴

Rap一下 🔊 原來我都會啦！

1	台灣腔這樣說	延・緊	
2	東京腔這樣說唸3遍	$\underset{e}{エ}・\underset{n}{ン}・\underset{ji}{ジ}・\underset{n}{ン}$ ᴬ	引擎
3	跟我Rap唸2遍	エ・エ・エ・エンジン的エ	

75

オ
【o】

於 ▸ 於 ▸ オ

聯想一下

| 發音 | 跟「喔、歐」相似 |
| 字形 | 像「オ」先生一個人丟下行李，離家出走了。 |

你這包袱好重喔！我拉不動了！

你要拋下我了嗎？

焦急焦急

→

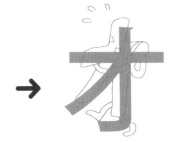

Rap一下 🔊 原來我都會啦！

1	台灣腔這樣說	歐・兜・賣	
2	東京腔這樣說 唸3遍	歐 オ・オ・ト・バ・イ o o to ba i	摩托車
3	跟我Rap 唸2遍	オ・オ・オ・オオトバイ的オ	

カ
【ka】

加 ▸ 加 ▸ カ

track **2-14**

想一下

| 發音 | 跟「卡（台）、喀」相似 |
| 字形 | 像卡強壯的力氣，戰勝了光說不練的嘴巴。 |

我力氣卡大！

你閃邊！

我口才卡好！

*Rap*一下 原來我都會啦！

1	台灣腔 這樣說	卡（台）・豆	
2	東京腔 這樣說 唸3遍	卡（台） カ ・ ア ・ ド ka　a　do	卡片
3	跟我Rap 唸2遍	カ・カ・カ・カアド的カ	

キ
【ki】

幾 ▸ 幾 ▸ キ

聯想一下

| 發音 | 跟「去（台）、KI」相似 |
| 字形 | 像決定離開幾公司去創業的「キ」先生。 |

驚！
驚！
驚！

大家再見，我要自己去創業啦！

毅然決然

Rap一下 原來我都會啦！

1	台灣腔這樣說	布・列・KI	
2	東京腔這樣說 唸3遍	ブ・レ・イ・キ bu re i ki KI	煞車
3	跟我Rap 唸2遍	キ・キ・キ・ブレイキ的キ	

78

ク 【ku】

久 ▸ 久 ▸ ク

track 2-16

聯想一下

發音	跟「苦、庫」相似
字形	像辛苦很久的尾巴退休了，剩下「ク」大哥。

這幾十年苦了你啦！你也該退休啦！

我誓死輔佐大哥！

→

忠心耿耿

*Rap*一下 🔊 原來我都會啦！

1	台灣腔這樣說	拖 · 拉 · 庫	
2	東京腔這樣說 唸3遍	ト · ラ · ッ ク 〔庫〕 to ra kku	貨車
3	跟我Rap 唸2遍	ク・ク・ク・トラック的ク	

79

ケ【ke】

介 ▸ 介 ▸ ケ

聯想一下

發音	跟「計（台）、K」相似
字形	像一個屋簷不能有兩個主人，一山不容二虎啦。

哼！你少來算計我！

少了我，你不過就是根廢柴！

喀嚓！

→

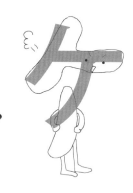

*Rap*一下 原來我都會啦！

1	台灣腔這樣說	卡·拉·O·K
2	東京腔這樣說 唸3遍	カ·ラ·オ·ケ　ka ra o ke（K） |卡拉OK
3	跟我Rap 唸2遍	ケ·ケ·ケ·カラオケ的ケ

コ
【ko】

 己 ▸ 己 ▸ コ

 track 2-18

聯想一下

| 發音 | 跟「褲（台）、扣」相似 |
| 字形 | 像住在鍋子裡，「己」熱到脫褲子。 |

看我把褲（台）子給脫了！

掰啦～

要什麼帥...

Rap一下 原來我都會啦！

1	台灣腔這樣說	扣・啦	
2	東京腔這樣說 唸3遍	扣 コ・オ・ラ ko o ra	可樂
3	跟我Rap 唸2遍	コ・コ・コ・コオラ的コ	

81

サ【sa】

散 ▶ 散 ▶ サ

track **2-19**

聯想一下

發音	跟「沙」相似
字形	像失去了「サ」大哥，小混混們像一盤散沙。

少了我，你們不過是一盤散沙啊！

天下是我們的！

是我們的！

Rap一下 原來我都會啦！

1	台灣腔這樣說	沙·比·斯	

2	東京腔這樣說 唸3遍	沙 サ·ア·ビ·ス sa a bi su	優惠

3	跟我Rap 唸2遍	サ·サ·サ·サアビス的サ

【shi】

之 ▸ 之 ▸ シ

聯想一下

發音 跟「西」相似

字形 之小姐像瑪麗蓮夢露，裙擺飛起壓都壓不住。

唉呀！什麼東西在下面吹啊！

哦！吹得好！

瑪麗蓮夢露

Rap一下 原來我都會啦！

1	台灣腔這樣說	哇・搭・西	
2	東京腔這樣說 唸3遍	ワ・タ・シ wa ta shi（西）	我
3	跟我Rap 唸2遍	シ・シ・シ・ワタシ的シ	

83

ス【su】

 須 ▸ 須 ▸ ス

 track 2-21

聯想一下

| 發音 | 跟「識、士」相似 |
| 字形 | 像身上空空如也的頁先生，害羞的用單手遮住自己。 |

識相的話就把錢給我！

全部都給你！不要殺我！

顫抖 顫抖 →

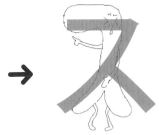

*Rap*一下 原來我都會啦！

1	台灣腔這樣說	巴・士	
2	東京腔這樣說 唸3遍	バ・ス ba su	公車
3	跟我Rap 唸2遍	ス・ス・ス・バス的ス	

セ
【se】

 世▸世▸セ

track**2-22**

聯想一下

| 發音 | 跟「誰、謝」相似 |
| 字形 | 像世的蛀牙被拔掉，成了沒牙齒的「セ」 |

你一定沒種拔蛀牙！

飛走

誰說的！我拔給你看！

→

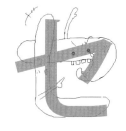

得意

*Rap*一下 原來我都會啦！

1	台灣腔 這樣說	謝・多	

2	東京腔 這樣說 唸3遍	謝 セ・ット se tto	造型

3	跟我Rap 唸2遍	セ・セ・セ・セット的セ

85

ソ 【SO】

會 ▸ 曽 ▸ ソ

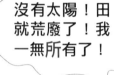 聯想一下

發音	跟「收」相似
字形	像沒有太陽、田地荒廢了,「ソ」先生難過的哭泣。

沒有太陽!田就荒廢了!我一無所有了!

一貧如洗

→

Rap 一下 🔊 原來我都會啦!

1	台灣腔這樣說	馬·拉·松	
2	東京腔這樣說 唸3遍	收 マ·ラ·ソ·ン ma ra so n	馬拉松
3	跟我Rap 唸2遍	ソ·ソ·ソ·マラソン的ソ	

夕
【ta】

多 ▶ 多 ▶ 夕

track 2-24

聯想一下

| 發音 | 跟「他」相似 |
| 字形 | 像雙胞胎哥哥趕走了弟弟，只剩「夕」一人當家。 |

走開啦！

太沒良心了！

踢！

→ 夕

Rap一下 🔊 原來我都會啦！

1 台灣腔這樣說 — 他・哭・西

2 東京腔這樣說 唸3遍

他
夕・ク・シ・イ
ta　ku　shi　i

計程車

3 跟我Rap 唸2遍 — 夕・夕・夕・夕クシイ的夕

87

チ 【chi】

チ ▸ チ ▸ チ

聯想一下

發音	跟「欺」相似
字形	像千大哥翹起腳來，躲避小狗撒尿。

真是欺人太甚了！

歐買尬！

嘿嘿嘿！

 →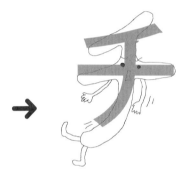

Rap 一下 原來我都會啦！

1	台灣腔這樣說	柏・青・哥	
2	東京腔這樣說 唸3遍	パ・チ・ン・コ (pa chi n ko) 欺	小鋼珠
3	跟我Rap 唸2遍	チ・チ・チ・パチンコ的チ	

ツ
【tsu】

川 ‣ 川 ‣ ツ

track 2-26

 聯想一下

| 發音 | 跟「足」相似 |
| 字形 | 像兩個老大在前面指揮，小混混們整隊成一個弧形。 |

要立足於此，一定要團結！

熱血沸騰

我們都要追隨老大！

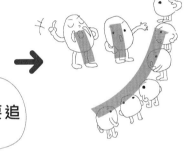

Rap一下 原來我都會啦！

1	台灣腔這樣說	蜜・足・鼻・吸	
2	東京腔這樣說 唸3遍	ミ・ツ・ビ・シ（足） mi tsu bi shi	三菱工業
3	跟我Rap 唸2遍	ツ・ツ・ツ・ミツビシ的ツ	

89

テ 【te】

天 ▶ 天 ▶ テ

聯想一下

發音	跟「天」相似
字形	像老天的右腳被偷走了，搖搖晃晃歪一邊。

天啊！這樣我會撑不住的啦！

搖

嘿嘿嘿！

→ テ

Rap一下 原來我都會啦！

1	台灣腔這樣說	卡・墊	
2	東京腔這樣說 唸3遍	カ・ア・テ・ン ka a te n （天）	窗簾
3	跟我Rap 唸2遍	テ・テ・テ・カアテン的テ	

ト 【to】

止 ▸ 止 ▸ ト

聯想一下

| 發音 | 跟「偷、斗」相似 |
| 字形 | 像小偷在電線桿後面，探出半顆頭來偷看。 |

小偷躲哪裡去啦！

我在這裡！

得意！

→

Rap一下 原來我都會啦！

1	台灣腔 這樣說	扣・斗	
2	東京腔 這樣說 唸3遍	コ・オ・ト ko　o　to （斗）	**大衣**

3	跟我Rap 唸2遍	ト・ト・ト・コオト的ト

91

ナ 【na】

奈 ▸ 奈 ▸ ナ

track 2-29

聯想一下

| 發音 | 跟「拿、娜」相似 |
| 字形 | 像奈先生一家人掉下崖，只有「ナ」存活下來。 |

救命啊啊啊啊啊！

吶喊求救！

→

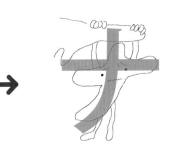

Rap一下 原來我都會啦！

1	台灣腔這樣說	巴・娜・娜	
2	東京腔這樣說 唸3遍	バ・ナ・ナ ba na na （娜 娜）	香蕉
3	跟我Rap 唸2遍	ナ・ナ・ナ・バナナ的ナ	

92

二【ni】

 仁・仁・二

 track 2-30

聯想一下

發音	跟「你、尼」相似
字形	像睡上下舖的兩兄弟，感情好到不願意分開。

阿尼基，我要永遠跟你睡在一起。

為難！

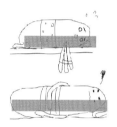

Rap 一下 🔊 原來我都會啦！

1	台灣腔這樣說	阿・尼・基	
2	東京腔這樣說 唸3遍	ア・二・キ a ni ki （尼）	大哥
3	跟我Rap 唸2遍	二・二・二・ア二キ的二	

93

ㄡ
【nu】

奴 ► 奴 ► ㄡ

聯想一下

發音	跟「奴、努」相似
字形	像「ㄡ」想從女主人身邊逃走，脫離奴隸生活。

你這奴才，你絕對沒有逃跑的機會！

誰說的！

 →

溜！

Rap一下 🔊 原來我都會啦！

1	台灣腔這樣說	史・努・比	

2	東京腔這樣說唸3遍	ス・ㄡ・ウ・ピ・イ 努 su nu u pi i	史努比

3	跟我Rap唸2遍	ㄡ・ㄡ・ㄡ・スㄡウピイ的ㄡ

ネ【ne】

祢 ▸ 祢 ▸ ネ

聯想一下

發音	跟「內」相似
字形	像「ネ」現在沒有興趣談戀愛，拒絕了爾小姐。

不好吧…。

你可以説我是你的內人喔！

煩躁

→

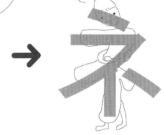

Rap一下 原來我都會啦！

1	台灣腔這樣說	內·姑·帶	

2	東京腔這樣說 唸3遍	內 ネ·ク·タ·イ ne ku ta i	領帶

3	跟我Rap 唸2遍	ネ·ネ·ネ·ネクタイ的ネ

95

ノ 【no】

乃 ▶ 乃 ▶ ノ

track 2-33

聯想一下

發音 跟「no」相似

字形 像龍捲風吹走了房子，「ノ」先生什麼都沒有了。

龍捲風來了！
no～

咻～！

→

Rap 一下 🔊 原來我都會啦！

1	台灣腔 這樣說	no · 偷	
2	東京腔 這樣說 唸3遍	no ノ · オ · ト no o to	筆記
3	跟我Rap 唸2遍	ノ · ノ · ノ · ノオト的ノ	

ハ 【ha】

ハ ► ハ ► ハ

track2-34

聯想一下

| 發音 | 跟「哈」相似 |
| 字形 | 像新婚夫妻談離婚，背對背不想看到對方。 |

你都不會做菜！

哼！你都不去上班！

  →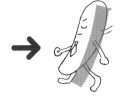

哈！才說要永結同心，怎麼馬上就分手啦！

Rap一下 🔊 原來我都會啦！

| 1 | 台灣腔這樣說 | 韓・兜・魯 | |

| 2 | 東京腔這樣說唸3遍 | 哈
ハ・ン・ド・ル
ha　n　do　ru | 方向盤 |

| 3 | 跟我Rap唸2遍 | ハ・ハ・ハ・ハンドル的ハ |

97

ヒ 【hi】

比 ▶ 比 ▶ ヒ

track 2-35

 聯想一下

| 發音 | 跟「嘻、HE」相似 |
| 字形 | 像 ヒ 先生拒絕了「ヒ」先生。 |

嘻！愛老虎油！

不要不要！放了我！

奮力掙扎！

→

Rap一下 原來我都會啦！

1	台灣腔 這樣說	扣·HE	
2	東京腔 這樣說 唸3遍	コ·オ·ヒ·イ ko o hi i　HE	咖啡
3	跟我Rap 唸2遍	ヒ·ヒ·ヒ·コオヒイ的ヒ	

98

フ
【fu】

不 ▸ 不 ▸ フ

聯想一下

| 發音 | 跟「夫」相似 |
| 字形 | 像フ先生跟太太離婚所以又是單身了。 |

當你的丈夫真是倒楣！

殺氣騰騰

哼！倒楣的是我吧？

→

Rap一下 🔊 原來我都會啦！

1	台灣腔這樣說	勾・嚕・夫	
2	東京腔這樣說 唸3遍	ゴ・ル・フ go ru fu（夫）	高爾夫球
3	跟我Rap 唸2遍	フ・フ・フ・ゴルフ的フ	

99

【he】

へ

部 ▶ 部 ▶ へ

 track 2-37

聯想一下

| 發音 | 跟「嘿、黑」相似 |
| 字形 | 像趁著左邊沒人看到，「阝」先生伸個懶腰變成「へ」。 |

嘿！老闆不在，終於可以偷一下懶啦！

  伸 →

Rap一下 原來我都會啦！

1	台灣腔這樣說	黑・啊・司・太・魯	
2	東京腔這樣說 唸3遍	黑 へ・ア・ス・タ・イ・ル he a su ta i ru	髮型
3	跟我Rap 唸2遍	へ・へ・へ・ヘアスタイル的へ	

100

ホ
【ho】

保 ▸ 保 ▸ ホ

聯想一下

發音	跟「後、吼」相似
字形	像「ホ」國王失去了侍從與皇冠，快活不下去了。

沒有了侍衛，
沒有了皇冠，
一個人要怎麼
活下去！

→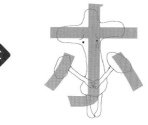

可憐ㄅㄅ...

Rap一下 原來我都會啦！

1	台灣腔 這樣說	吼 · 貼 · 魯	
2	東京腔 這樣說 唸3遍	吼 ホ · テ · ル ho le ru	飯店
3	跟我Rap 唸2遍	ホ・ホ・ホ・ホテル的ホ	

101

マ
【ma】

末 ▸ 末 ▸ マ

聯想一下

發音	跟「媽」相似
字形	像大風吹翻「末」小姐的裙子，也吹走了圍巾。

我的媽呀！我的圍巾！快回來！

咻～咻～

→

Rap一下 原來我都會啦！

1	台灣腔 這樣說	麥·苦	
2	東京腔 這樣說 唸3遍	媽 マ·イ·ク ma　i　ku	麥克風
3	跟我Rap 唸2遍	マ·マ·マ·マイク的マ	

ミ 【mi】

ミ ▸ 三 ▸ ミ

 track **2-40**

聯想一下

| 發音 | 跟「咪、米」相似 |
| 字形 | 像小胖三妹和姊姊玩蹺蹺板，太重啦！ |

咪咪呀！你肚子肥得像個游泳圈。

肥肉顫抖

*Rap*一下 原來我都會啦！

1	台灣腔 這樣說	阿・魯・米	
2	東京腔 這樣說 唸3遍	ア・ル・ミ a ru mi　　米	鋁
3	跟我Rap 唸2遍	ミ・ミ・ミ・アルミ的ミ	

103

ム
【mu】

牟 ▸ 牟 ▸ ム

track 2-41

| 發音 | 跟「母、姆」相似 |
| 字形 | 像被牛魔王扔掉的王冠「ム」。 |

母親大人，我牛魔王只愛美人！

哞～

江山？我才不希罕。

→

Rap 一下  原來我都會啦！

1	台灣腔這樣說	哭 · 力 · 姆	
2	東京腔這樣說 唸3遍	ク · リ · イ · ム ku · ri · i · mu（姆）	奶油
3	跟我Rap 唸2遍	ム・ム・ム・クリイム的ム	

104

メ 【me】

女 ▸ 女 ▸ メ

聯想一下

發音	跟「妹、美」相似
字形	上面ナ姊姊是公主，下面的「メ」妹妹竟是要飯的。

我最愛寶石了！

姊姊是公主

我只想吃飽飯…。

妹妹是要飯的

Rap一下 原來我都會啦！

1	台灣腔這樣說	美・紐	
2	東京腔這樣說 唸3遍	美 メ・ニュ・ウ me　nyu　u	菜單
3	跟我Rap 唸2遍	メ・メ・メ・メニュウ的メ	

105

モ
【mo】

毛 ▸ 毛 ▸ モ

track 2-43

聯想一下

發音　跟「麼、莫」相似

字形　像盪在樹上，掉了一條裙子的毛毛蟲。

媽！看毛毛蟲的裙子掉下來了啦！

看什麼看！

→

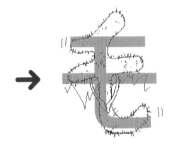

Rap 一下 原來我都會啦！

1	台灣腔這樣說	莫・打	
2	東京腔這樣說 唸3遍	莫 モ・オ・タ・ア mo　o　ta　a	馬達
3	跟我Rap 唸2遍	モ・モ・モ・モオタア的モ	

106

ヤ 【ya】

也 ▸ 也 ▸ ヤ

聯想一下

發音　跟「鴨、亞」相似

字形　像肥胖的「也」，塑身成窈窕淑女「ヤ」小姐。

> 醜小鴨，一塑身，變成窈窕美女啦！

媚ㄨ峰瘦身中心，榮譽贊助！

 →

Trust me, you can make it!

Rap一下 🔊 原來我都會啦！

1	台灣腔 這樣說	亞・媽・哈	 YAMAHA
2	東京腔 這樣說 唸3遍	亞 ヤ・マ・ハ ya　ma　ha	山葉機車
3	跟我Rap 唸2遍	ヤ・ヤ・ヤ・ヤマハ的ヤ	

ユ 【yu】

由 → 由 → ユ

聯想一下

發音	跟「you、油 (台)」相似
字形	像由小弟被媽媽硬脫下髒褲子「ユ」。

嘿！you怎麼脫人家的褲子！

會害羞啦

這麼髒，丟死人了！

→

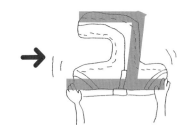

Rap 一下 🔊 原來我都會啦！

1	台灣腔這樣說	愛・老・虎・油 (台)

2	東京腔這樣說 唸3遍	ア・イ・ラ・ブ　ユ・ウ	我愛你

油 (台)

ア・イ・ラ・ブ　ユ・ウ
a　i　ra　bu　yu　u

3	跟我Rap 唸2遍	ユ・ユ・ユ・ ア・イ・ラ・ブ・ユウ的ユ

ヨ
【yo】

與 ▸ 與 ▸ ヨ

track 2-46

聯想一下

| 發音 | 跟「友、油」相似 |
| 字形 | 像船太小了，「ヨ」犧牲自己跳下水了。 |

噢！不～！

感動！

朋友們，來世再相逢！保重啦！

 →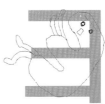

Rap—下 原來我都會啦！

1	台灣腔這樣說	頭 · 油 · 塔	
2	東京腔這樣說 唸3遍	ト · ヨ · タ to yo ta（油）	豐田汽車
3	跟我Rap 唸2遍	ヨ · ヨ · ヨ · トヨタ的ヨ	

109

ラ 【ra】

良 ▸ 良 ▸ ラ

track **2-47**

想一下

| 發音 | 跟「拉」相似 |
| 字形 | 像好肥美的白蘿蔔，從土裡露出上半身「ラ」。 |

人家是蘿蔔！

用力拉啊！這
人蔘吃了會長
命百歲！

→

有沒有搞錯

Rap一下 原來我都會啦！

1	台灣腔 這樣說	拉 · 吉 · 歐	
2	東京腔 這樣說 唸3遍	拉 ラ · ジ · オ ra　ji　o	收音機
3	跟我Rap 唸2遍	ラ · ラ · ラ · ラジオ的ラ	

リ【ri】

利 ▸ 利 ▸ リ

聯想一下

| 發音 | 跟「厲、立」相似 |
| 字形 | 像收割完稻子、大功告成的利刀「リ」。 |

割不到我！
割不到我！

可惡！看我的厲害！

咻
咻
咻！

→

快刀斬亂麻！

*Rap*一下 原來我都會啦！

1	台灣腔這樣說	司・立・趴	
2	東京腔這樣說 唸3遍	ス・リ・ッパ su　ri　ppa （立）	拖鞋

3	跟我Rap 唸2遍	リ・リ・リ・スリッパ的リ

111

ル【ru】

流 ▸ 流 ▸ ル

聯想一下

發音	跟「路、魯」相似
字形	像逃過土石流的最後生存者「ル」。

土石流來了！
這條路完啦，
快逃啊！

轟隆隆

Rap 一下 🔊 原來我都會啦！

1	台灣腔 這樣說	碧・魯	🍺
2	東京腔 這樣說 唸3遍	ビ・イ・ル bi i ru（魯）	啤酒
3	跟我Rap 唸2遍	ル・ル・ル・ビイル的ル	

112

レ 【re】

礼 ▸ 礼 ▸ レ

想一下

| 發音 | 跟「禮（台）、雷」相似 |
| 字形 | 像跟示小姐說再見的「レ」。 |

那我們後會有期啦！

您就別多禮了。

→

新禮貌運動最佳典範

Rap一下 原來我都會啦！

| 1 | 台灣腔這樣說 | 雷·孟 | 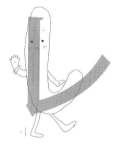 |

| 2 | 東京腔這樣說唸3遍 | 雷
レ·モ·ン
re mo n | 檸檬 |

| 3 | 跟我Rap唸2遍 | レ・レ・レ・レモン的レ |

ロ
【ro】

ロ ▸ ロ ▸ ロ

聯想一下

| 發音 | 跟「囉」相似 |
| 字形 | 像被心儀的口先生拋棄的胖妞「ロ」。 |

哈囉，一起玩吧！

走開！妳這肥婆！

 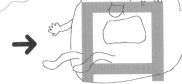

幹嘛這麼誠實（？）

Rap一下 原來我都會啦！

1	台灣腔 這樣說	撲·囉	
2	東京腔 這樣說 唸3遍	プ·ロ pu ro（囉）	專業
3	跟我Rap 唸2遍	ロ·ロ·ロ·プロ的ロ	

ワ 【wa】

和 ▸ 和 ▸ ワ

track **2-52**

聯想一下

發音	跟「哇」相似
字形	像被女友禾小姐打飛了門牙。

你竟然敢劈腿？！沒良心！看我的！

飛走

哇！我的門牙～！

 →

*Rap*一下 原來我都會啦！

1	台灣腔這樣說	歪・下・子

2	東京腔這樣說 唸3遍	哇 ワ・イ・シャ・ツ wa i sha tsu	襯衫（白襯衫）

3	跟我Rap 唸2遍	ワ・ワ・ワ・ワイシャツ的ワ

115

ヲ
【o】

乎 ▸ 乎 ▸ ヲ

track 2-53

聯想一下

| 發音 | 跟「喔、歐」相似 |
| 字形 | 像從土著手中奪走的矛與盾。 |

歐買尬！武器還我！

強詞奪理

哪呢？！你的就是我的！ →

*Rap*一下 🔊 原來我都會啦！

1	台灣腔這樣說	歐・西・摸・裡	

2	東京腔這樣說 唸3遍	歐 オ☆(=ヲ)・シ・ボ・リ o　shi　bo　ri	濕紙巾 （溼毛巾）

3	跟我Rap 唸2遍	ヲ・ヲ・ヲ・オシボリ的ヲ	

☆「ヲ」為助詞，發音跟「オ」一樣，為了記憶上的方便，借用「オシボリ」的「オ」來聯想「ヲ」的發音。

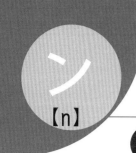

ン 【n】

尔 ▸ 尔 ▸ ン

聯想一下

發音 跟「嗯、恩」相似

字形 像被下面的小先生的內功給震飛的「ン」。

哼！雕蟲小技！

還嘴硬！

別想再欺壓我了！看我的內功嗯～～～。

 →

Rap一下 原來我都會啦！

1	台灣腔這樣說	面・恩・魯	
2	東京腔這樣說 唸3遍	恩 ベ・ン・ツ be n tsu	賓士
3	跟我Rap 唸2遍	ン・ン・ン・ベンツ的ン	

1. 早安。

おはようございます。
o ha yo u go za i ma su

2. 你好。（白天）

こんにちは。
ko n ni chi wa

3. 你好。（晚上）

こんばんは。
ko n ba n wa

4. 晚安。（睡前）

おやすみなさい。
o ya su mi na sa i

5. 您好，初次見面。

はじめまして。
ha ji me ma shi te

6. 知道了。（一般）

わかりました。
wa ka ri ma shi ta

7. 謝謝您了。

ありがとうございました。
a ri ga to u go za i ma shi ta

8. 不客氣。

どういたしまして。
do u i ta shi ma shi te

9. 對不起。

すみません。
su mi ma se n

10. 這是什麼？

これは何<ruby>なん</ruby>ですか。
ko re wa na n de su ka

11. 好高興！

うれしい。
u re shi i

12. 對啊。

そうですよ。
so u de su yo

13. 沒那回事啦。

そんなことないよ。
so n na ko to na i yo

14. 肚子餓了。

おなかがすいた。
o na ka ga su i ta

15. 我正在減重。

ダイエットをしています。
da i e tto o shi te i ma su

16. 感覺真舒服哪。

気持ちいいですね。
ki mo chi i i de su ne

17. 歡迎光臨。

いらっしゃいませ。
i ra ssha i ma se

18. 好棒的房子呢！

いいお家ですね。
i i o u chi de su ne

19. 要不要一起去看電影呢？

映画を見に行きませんか。
ei ga o mi ni i ki ma se n ka

20. 這首曲子真好聽哪。

この曲すごくいいね。
ko no kyo ku su go ku i i ne

21. 櫻小姐好可愛喔。

桜さんかわいいですね。
sakura sa n ka wa i i de su ne

22. 我不擅長運動。

私はスポーツが苦手です。
watashi wa su poo tsu ga ni ga te de su

23. 看電視。

テレビを見ます。
te re bi o mi ma su

24. 我要辦登機手續。

チェックインします。
che kku i n shi ma su

25. 是商務艙。

ビジネスクラスです。
bi ji ne su ku ra su de su

26. 是經濟艙。

エコノミークラスです。
e ko no mii ku ra su de su

27. 我要退房。

チェックアウトします。
che kku a u to shi ma su

28. 多少錢？

いくらですか？
i ku ra de su ka

29. 給我那個。

それをください。
so re o ku da sa i

30. 公車站在哪裡？

バス停はどこですか。
ba su tei wa do ko de su ka

---

31. 下一班電車幾點？

次の電車は何時ですか。
tsu gi no de n sha wa nan ji de su ka

---

32. 搭乘地下鐵既快速又安全。

地下鉄は速くて安全です。
chi ka te tsu wa hayaku te an ze n de su

---

33. 吃麵包。

パンを食べます。
pa n o ta be ma su

---

34. 喝牛奶。

牛乳を飲みます。
gyuu nyuu o no mi ma su

---

35. 外帶。

テイクアウトします。
te i ku a u to shi ma su

36. 在這裡吃。

ここで食べます。
ko ko de ta be ma su

37. 好可愛。

かわいいです。
ka wa i i de su

38. 好漂亮。

お洒落です。
o sha re de su

39. 今天是好天氣。

今日はいい天気ですね。
kyou wa i i ten ki de su ne

40. 今天真熱。

今日は暑いですね。
kyou wa a tsu i de su ne

常用單字，馬上用

時間 | 時間我們說「點」，日語說「時」。

十二點
じゅうにじ
12時
ju. u. ni. ji

十一點
じゅういちじ
11時
ju. u. i. chi. ji

一點
いちじ
1時
i. chi. ji

十點
じゅうじ
10時
ju. u. ji

兩點
にじ
2時
ni. ji

九點
くじ
9時
ku. ji

三點
さんじ
3時
sa. n. ji

八點
はちじ
8時
ha. chi. ji

四點
よじ
4時
yo. ji

七點
しちじ
7時
shi. chi. ji

五點
ごじ
5時
go. ji

六點
ろくじ
6時
ro. ku. ji

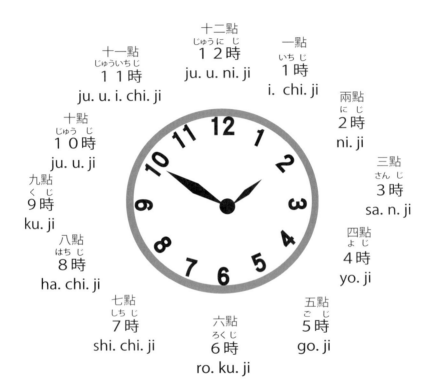

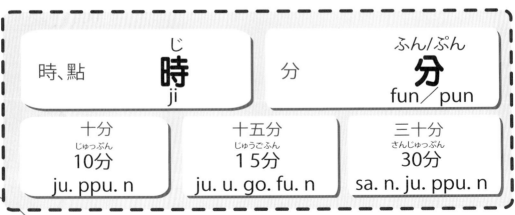

時、點	**時** じ ji	分	**分** ふん／ぷん fun／pun

十分 じゅっぷん 10分 ju. ppu. n	十五分 じゅうごふん 15分 ju. u. go. fu. n	三十分 さんじゅっぷん 30分 sa. n. ju. ppu. n

私房教學 3

你！還在背嗎？

日語50音

其實，你早就會講啦！

東京腔朗讀CD＋解說版CD

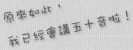

語言學碩士
福田真理子◎著

林德勝	發 行 人
山田社文化事業有限公司	出版發行
106台北市大安區安和路一段112巷17號7樓	
Tel：02-2755-7622	
Fax：02-2700-1887	
19867160 號　大原文化事業有限公司	郵政劃撥
聯合發行股份有限公司	總 經 銷
新北市新店區寶橋路235巷6弄6號2樓	
Tel：02-2917-8022	
Fax：02-2915-6275	
上鎰數位科技印刷有限公司	印　　刷
林長振法律事務所　林長振律師	法律顧問
220 元	定　　價
2014年7月	出 版 日

本書由博文文化事業有限公司之
《原來如此 用你會講的日語學50音》改版
ISBN: 978-986-246-2898
© 2014, Shan Tian She Culture Co., Ltd.

STS

STS

山田社

STS

山田社